ODE

SUR

LES ARTS.

BERLIN.

MDCCLIV.

ODE
SUR LES ARTS.

Reine des Arts, divine Fée,
    Qui du goût fit naître ces airs
    Dont jadis la Lyre d'Orphée
Charmoit les monſtres des deſerts;
Invention, c'eſt ſur ton aile
Que perçant la voute éternelle
Promethée alla dans les Cieux
Dérober cette vive flamme,
Dont le rayon mis dans notre ame
De l'Eſprit éclaira les yeux.

Fille

Fille du Ciel, qui nous retraces
Dans l'hymne le plus solemnel
La Mer rouge s'ouvrant aux traces
Des enfans du Dieu d'Israël,
Inspire nous de beaux Cantiques,
Tels que les Chantres Prophétiques
En apprirent à l'Univers;
Et que de nos ames éprises
Les Davids après les Moïses
Triomphent par leurs doux concerts.

*Q*els accens frappent mes oreilles!
D'où me vient cette volupté!
L'air produiroit-il les merveilles
Dont je sens mon cœur agité!
L'Arion qui se fait entendre,
Maîtrise l'ame d'Alexandre.
Ses larmes coulent; il gémit,
Et sous les Loix de Timothée,
Au gré de la Lyre enchantée,
Le Héros soupire, & frémit.

Sur

Sur cette toile qui rassemble
Ces lignes avec ces contours,
Que pourra contraster l'ensemble
De ces ombres & de ces jours;
Pour en former les Tyndarides,
Rendre l'Iris des Aristides *)
Emaillé de mille couleurs,
Et le père d'Iphigénie,
Par un heureux coup de génie,
Sous son voile inondé de pleurs.

Ici le marbre & le porphire
S'amollissent sous le cizeau:
Là je vois l'airain qui respire
Sous un Praxitele nouveau.
Déjà la fonte obëissante
Des touches d'une main savante
Fait sortir des traits menaçans.
C'est Jupiter, sa foudre gronde.
Phidias, le Maître du Monde
Te doit sa gloire & mon encens.

A 4

Triom-

*) Voy. Plin. H. N. L. XXXV. c. 41.

Triomphez, profonde Science;
Qui peut méconnoître vos droits!
Enchainez dans un cercle immense
Tous les Arts soumis à vos loix;
De l'Océan frayez les routes,
Pénétrez les célestes voûtes,
Des astres dévoilez le cours,
Et que le fruit de votre étude
Fixe à jamais l'incertitude
Où l'Esprit flotteroit toûjours.

Mais tout à coup la Terre s'ouvre.
Je pénétre dans ses secrets,
Son sein à mes yeux se découvre:
Suivons sa marche & ses progrès.
Dans les veines de la Nature,
Je vois filtrer sa nouriture,
Son germe éclos s'épanouïr,
Et dans ce grand Laboratoire,
Elle - même dicter l'Histoire
Dont nos neveux doivent jouïr.

Quel

*Q*uel est ce fluide admirable
Qui circule dans tous les Corps !
D'où vient qu'invisible, impalpable,
Cette matière a ses ressorts ?
D'où lui vient la force inconnuë
Qui lui fait soutenir la nuë
Où l'orage est prêt d'éclater ?
Pourquoi résistant & docile,
De tout être premier mobile,
Sans lui tout cesse d'exister ?

*E*levez-vous, source féconde,
Qui naissez parmi des roseaux ;
Que les jeux brillans de vôtre onde,
Opérent des charmes nouveaux !
Riquet, que ta main les dispense !
Que l'Hydraulique en sa balance
Pese & redouble leurs efforts ;
Et que Marli par sa machine
Surprenne, en voyant l'origine
Où Flore a puisé ses trésors.

A 5

Tel

Tel notre ſang dans ſa carrière
Que l'Etre ſuprême a tracé,
Ouvre & referme la barrière
Au même inſtant qu'il eſt paſſé.
Des glandes ſans nombre l'épurent,
Qui reçoivent, rendent, meſurent,
Ce flot par l'aorte apporté,
Et cette ſage Méchanique
En forme ce ſuc balſamique,
Source de vie & de ſanté.

Art fécond, rival des Protées,
Dont les rapides changemens,
Loin de laſſer tes Ariſtées,
Redouble leurs empreſſemens ;
Que ton Alembic, que ta flamme
A ton gré ſépare, amalgame,
Les ſels extraits des végétaux ;
Mais ne pouſſe pas le délire
Juſqu'à vouloir régir l'Empire
De Plutus, & de ſes métaux.

Quel

Quel est cet autre Briarée
Qui souleve ces corps pesans !
La guerre est-elle déclarée
Aux Dieux par de nouveaux Géans !
Le levier meut l'enorme masse,
Par puissance la gruë entasse
Ces marbres flottans dans les airs,
Et d'un seul point hors des limites
A l'espace connu prescrites,
Pourroit soûlever l'Univers.

Ainsi quand le Père d'Icare,
Epris d'un sublime transport,
A son fils malheureux prépare
Des ailes pour hâter sa mort;
Pallas à l'ouvrage préside,
Elle tient l'outil qu'elle guide;
Elle en est & l'ame & la main:
Et c'est dans ses divines sources
Qu'Archiméde prend les ressources
Qu'Hieron oppose aux Romains.

A 6

*P*ar quel secours vois-je mon être
Se ranimer près du tombeau!
La Nature pour le connoître
Me prête-t-elle son flambeau!
Des sucs salubres se préparent,
Et déjà mon sang, qu'ils réparent,
N'est plus infecté de poison!
Ouï, c'est toi, nouvelle Médée,
Qui par ton art vainqueur guidée,
Rends la vie à l'heureux Eson.

*Q*ui conduit cette main habile,
Et fait mouvoir tant de ressorts!
D'où part cet assemblage utile
De pignon, de rouë, & d'accords!
Le cours du Soleil le dirige;
L'espace étroit fait le prodige
Qui fixe mes yeux étonnés.
Le tems vole, tu le captives,
Et de ses heures fugitives
Les instans sont déterminés.

Vertu

Vertu, qu'au fein de la Nature
Tous les fiécles ont ignoré,
Qu'au travers d'une nuit obfcure
L'œil de nos Lynxs a penétré,
De l'aigrette que tu recéles,
Darde les vives étincelles.
A ſes traits tout va s'émouvoir;
Et protectrice de la Terre,
Forces même jusqu'au tonnerre
A reconnoître ton pouvoir.

Et vous qu'au faîte de la gloire
L'honneur des tems a dévoilé,
Vous qui fignalez la mémoire
D'un Héros de tous avoüé,
Clio, dépoféz dans ce Temple
Un tableau fini, dont l'exemple
Inftruife la poftérité;
Et que cette riche peinture
Eclaire la race future
Du flambeau de la Vérité.

A 7

De

De FEDERIC *qui vous protége,*
Beaux Arts, consacrèz les vertus !
C'est vôtre auguste privilège
D'immortaliser les Titus.
Sur un Prince, vôtre modéle,
Tracé par un pinçeau fidéle,
Fixez tous les yeux des mortels,
Et mêlez de fleurs la guirlande,
Dont Minerve, & Mars, pour offrande
Firent hommage à ses Autels. . . . .

REMERCIMENT

A L'ACADÉMIE. (*)

Quel titre pouvois je produire, Messieurs, pour aspirer à celui dont il vous a plû de me décorer, & que ma reconnoissance me rappellera sans cesse comme l'objet le plus digne de l'exciter! L'amour des Lettres, tout vif qu'il est en moi, eut-il jamais suffi pour y prétendre ; & s'il étoit possible d'y suppléer, pour me raprocher de ce Lycée, que l'Europe savante respecte, & consulte, la faveur dont il a plû au Roi de Pologne de m'honorer, en me nommant de sa Société Royale de Nancy, pourroit seule justi-

(*) Lû le 26 Septembre, 1754. avant l'Ode précédente.

justifier mon ambition. J'ai le bonheur
d'être en des lieux qui me retracent Votre Augufte Fondateur, & votre modele;
ils me pénétrent de la plus jufte vénéra-
tion.   Ce Sanctuaire qu'il a confacré, ces
murs qu'il a dédiés à Minerve, refpirent
le goût, & font faits pour me l'infpirer.
FEDERIC de fes mains royales les
a élevés; il devoit à la gloire des Sciences,
& des Beaux-Arts qui l'ont formé, cet Edi-
fice auffi durable, que celui que la fienne
lui affure; gloire unique, gloire fublime,
que l'Eloquence & les Mufes doivent à
l'envi célébrer, mais qu'elles ne rendront
jamais plus célébre qu'elle l'eft aujourdhui.
Que les Nations empreffées accourent de
toutes parts, pour rendre hommage à Votre Monarque! que fes lumiéres éclairent
& embeliffent-tout! que les talents s'y
épurent & s'en enrichiffent1 que la Po-
litique s'inftruife à cette Ecole profonde!
qu'elle apprenne a étendre fes vuës, & à les
rendre utiles! que l'art de la guerre y per-
fectionne fes régles! que les Conquérans
fe couronnent, comme FEDERIC, des
mêmes lauriers! que la Jurisprudence y
pui-

puife la vigueur, & l'intégrité de fes Loix;
que fes Ecrits forment en tout genre des
hommes capables de les imiter! que les
Beaux-Arts le confultent, & prennent dans
la fureté de fon goût cette maniére, cette
élégance, cette élévation, qui caractèri-
fent les génies du premier ordre! Que fes
Vertus foient l'idole de la Renommée, &
que la trompette de cette Déefle, toûjours
fufpecte d'erreur, foit pour la premiére
fois l'Oracle de la Vérité! Mais où m'em-
portent les tranfports de mon ame? C'eft
aux grands Maîtres, non à moi, qu'il appar-
tient de s'éléver fi haut; c'eft à vous,
Messieurs, à qui il eft fpecialement ré-
fervé de m'ouvrir les fentiers qui condui-
fent à l'immortalité: & ce n'eft que dans
ces fentiers - là feuls que FEDERIC
peut m'être offert tel qu'il eft. Je m'ar-
rête donc; je rentre en moi-même, & me
borne à lui préfenter mon encens, fur
l'Autel que l'admiration, & l'amour, lui
ont érigé dans mon Cœur.

Un grand fpectacle fait pour augmenter
les progrès de l'Efprit humain, & pour
exciter les amateurs, s'offre encore ici à
mes

mes regards. Par la vigilance d'un Prince
à qui il étoit réservé de posséder tous les
talents, & d'étendre leur empire, des Classes
savantes & des hommes éclairés qui les di-
rigent, sous le Chef que FEDERIC
vous a donné, ce Tableau qui est sous mes
yeux, & dont l'ordonnance est si belle, me
retrace le grand homme qui présida le
premier en ces lieux, génie rare que l'Al-
lemagne regarde avec raison comme son
flambeau, dont la lumiére reconnuë portera ses rayons jusqu'à la postérité la plus
réculée. Eut-il jamais pû s'attendre à se
voir si dignement succédé! Il faloit pour
cela, MESSIEURS, & le choix éclairé de
FEDERIC & la célébrité du Prési-
dent qui est à votre tête.

Vainement l'envie toûjours jalouse a
voulu revendiquer à Leibnitz ce que nous
devons aux heureuses découvertes de l'Ob-
servateur du Pole. Fruit le plus doux, au
langage de Ciceron, dont puisse se repai-
tre une belle ame; l'imputation n'a point
prévalu contre le mérite, la gloire de votre Chef, victorieuse des nuages dont on
avoit tenté de l'obscurcir, a brillé d'un
nou-

nouvel éclat ; tant c'eſt le propre de la lumiére de ne rien emprunter que d'elle-même, & de renaitre plus vive encore du
ſein de la nuit, & des ténébres.

- Ces Claſſes, je pourſuis, Messieurs,
où chaque ſujet a ſon Tribunal & ſes Juges
qui leur ſont propres, cette chaîne ſi bien
ordonnée, que des rapports intimes & ré-
ciproques rendent plus utile, met de l'ordre dans les idées, de la juſteſſe dans les
opérations, de la facilité, & presque toûjours du ſuccès, dans le travail ; elle vous
unit, Messieurs, cette chaine, par le
lien de l'ame : & de ce concert admirable
que les ſeûles Sciences peuvent former, il
en réſulte cette harmonie indiſpenſable,
ſans laquelle il eſt impoſſible d'atteindre
à la perfection, qui n'eſt elle-même que
l'harmonie par excellence.

D'abord je découvre ici la Phyſique,
fortifiée de l'Experience qui l'enrichit ; elle
tient le Livre de la Nature qu'elle a expli-
qué, ſes yeux ſont ceux de la Vérité, ſa
marche eſt ſûre parce qu'elle examine tout,
ſes découvertes ſe multiplient avec ſon
travail, & dans les Etres même qui écha-
pent

pent à la fagacité de nos fens, elle apper-
çoit, fuit, & analyfe, ce Méchanisme admirable de génération, de vie, & de
liqueur, qui attefte l'économie & la fa-
geffe de l'Etre fuprême, dans la confer-
vation de ce que fa libéralité a produit.
Là j'admire les Mathématiques, fources
fublimes de démonftration & d'évidence,
fans lesquelles les autres Sciences au-
roient moins de beautés réelles, & dont le
fecours qui pourvoit à tout, ne s'épuife
jamais, par la raifon que les bornes de
fes connoiffances font les mêmes que cel-
les de l'Univers.

Plus loin, & presque hors de la fphé-
re de nos idées, je médite avec transport
les fpéculations profondes de ces hommes
qui détachés en quelque forte de leurs
corps, s'occupent de l'Effence divine, qui
nous enfeignent, comme Socrate, le vrai
bonheur, & l'utilité des Vertus morales;
& enlevés par la Philofophie dans le Monde intellectuel qu'elle habite, donnent à
notre ame l'effor le plus noble, & à notre efprit, l'objet le plus digne de l'oc-
cuper.

Ici

Ici je vois dans tout leur éclat les Belles-Lettres, cette société de tous les hommes, & de tous les tems, ce tréfor fans prix des connoiffances humaines, fource de la plus pure volupté, ce nerf, fi j'ofe m'exprimer ainfi, du commerce de l'Efprit, dont les richeffes augmentent chaque jour, quoique partagées, où tous les Ecrivains doivent puifer, & que le vrai goût doit mettre en œuvre; ces Lettres, dont l'amour feroit toûjours des heureux, fi la rivalité de ceux qui les cultivent ne terniffoit fouvent leur éclat.

Voilà, MESSIEURS, le riche partage de vos talens & de vos études; quelle reffource pour les Savans en tout genre! Celui que vous avez chargé, parce que fon mérite vous étoit connu, du dépôt précieux de vos Archives, & dont le nom s'y confervera avec diftinction, eft un fûr garant que vos richeffes ne s'altéreront jamais. Elles fe multiplieront au contraire, avec l'illuftration de ceux qui font commis à la garde du feu facré qui immortalifera vos Ecrits.

Quel

Quel objet d'émulation pour moi, & combien il m'eft glorieux d'être à portéé de l'envifager de fi prés! Mon zéle me portera fans ceffe à ne le point perdre de vûe; être affez heureux pour l'imiter, c'eft là où je ne dois jamais me flatter d'atteindre.

Mais quoi! dès ce jour, Messieurs, n'ai-je pas droit à vos lumiéres? C'eft tout mon efpoir, permettez que je les reclame. La faveur de me voir affis parmi vous, femble me promettre que vous ne me refuferez pas ce fecours. Quelle douceur de pouvoir me rappeller à tous les inftants de ma vie, qu'il vous a plû de m'affocier à vos veilles! Quels fentiments cette idée ne prépare-t-elle pas à mon cœur! Puiffai-je, après vous avoir foigneufement étudié, les transmettre aux fiècles fuurs, pour les faire juger, Messieurs, par l'excés d'honneur dont je fus comblé, de ce qu'il a dû m'infpirer de reconnoiffance.

www.ingramcontent.com/pod-product-compliance
Ingram Content Group UK Ltd.
Pitfield, Milton Keynes, MK11 3LW, UK
UKHW022347170726
13837UKWH00005BA/2464